AF190039

LEBENSZEIT

Episoden / Kurzgeschichten
aus dem Leben gegriffen

IMPRESSUM

2017 – R. Luise Breddermann

1. Auflage

ISBN: 9 783744 837 774

Herstellung un Verlag:

BoD – Books on Demand, Norderstedt

Alle Rechte liegen beim Autor

LEBENSZEIT

Episoden / Kurzgeschichten
aus dem Leben gegriffen

R. Luise Breddermann

4

Wer dankbar

jeden Sonnenstrahl genießt,

wird auch mit dem Schatten

zu leben wissen.

Deutsches Sprichwort

Inhaltsverzeichnis

Vorwort

R. Luise Breddermann wurde 1941 in einem kleinen Harzort geboren und verlebte ihre Kindheit und Schulzeit in der DDR.

Nach der Flucht Ihrer Familie 1954 in den ‚Westen' fand sie in Wolfsburg eine neue Heimat.

R. Luise Breddermann erzählt von sich während der Zeitenwende Ost – West. Sie berichtet in kurzen Geschichten über fröhliche, traurige und komische Situationen und Begebenheiten aus ihrem intensiven Leben.

Die Erinnerungen hat sie für ihre Kinder festgehalten.

Tante Emmy kommt

„Heute kommt Tante Emmy", sagt meine Mutter. Wir müssen sie gleich vom Bahnhof abholen. „Holt schon mal den Bollerwagen" sagt sie zu meinen Brüdern Hans und Gerd. Die schmollen, aber ich freue mich. Tante Emmy ist eine ganz besondere Tante. Sie war vor dem Krieg Opernsängerin und lebt in Berlin.

Ich erkenne Tante Emmy sofort, als sie aus dem Waggon aussteigt. Sie ist ganz in schwarz gekleidet mit einem breitrandigen Hut. Sie trägt immer lange Handschuhe. Der Schaffner hilft ihr den großen Koffer herauszuheben. Tante Emmy reist immer mit viel Gepäck.

Die Begrüßung ist sehr herzlich. Sie meint, dass ich ein hübsches Mädchen geworden bin, meine Brüder laden den Koffer in den Bollerwagen und ziehen ab.

Während ihrer Besuche bekommt Tante Emmy immer mein Zimmer und ich muss in einem Notbett im Zimmer meiner Brüder schlafen. Aber das macht mir nichts aus.

Tante Emmy erzählt bei jedem Besuch interessante Geschichten aus ihrer Opernzeit und ich bin sehr fasziniert.

Sie erzählt mir von ihrem großen Haus in Berlin und dem stilvollen Mobiliar, dass sie nach dem Tod ihres Mannes und der Konfiszierung eines Teils des Hauses nach dem Krieg „verschleudern" musste. Uns brachte sie zwei wunderschöne Miniaturgemälde mit – die würde ich am liebsten in meinem Zimmer aufhängen.

Sie zeigt mir, wie sie ihre langen schwarzen Haare frisiert, wie man mit Schminke umgeht und ich darf an ihren Parfums schnuppern. Für DDR-Zeiten ist das alles sehr luxeriös.

Ihre Handschuhe zieht sie nie aus. Sie hat Handschuhe in vielen Farben mit Spitze und aus feinstem Leder und ich traue mich nicht zu fragen, warum sie immer Handschuhe trägt – sogar nachts feine Baumwollhandschuhe.

Meine Mutter ist ziemlich genervt, weil sich Tante Emmy immer bedienen lässt und nicht im Haushalt behilflich ist. Ich helfe während dieser Zeit dafür mehr.

Schließlich frage ich meine Mutter, warum Tante Emmy denn immer ihre Handschuhe anbehält. Meine Mutter sagt fast zynisch: „Tante Emmy ist eben eine feine Dame, die nie etwas tut, sich immer bedienen lässt und daher hat sie verkrüppelte Finger bekommen."

Die weise Frau

Wieder einmal hatte ich eine Erdbeerallergie. Dabei mochte ich die Früchte sehr gern. Mein Opa brachte mir immer die ersten reifen Erdbeeren aus dem Schrebergarten mit – vorsichtig in einem Rhabarberblatt eingewickelt. Die schmeckten vorzüglich und ich hoffte dieses Mal von einer Allergie verschont zu bleiben – aber leider nicht.

Alle möglichen Medikamente, die es 1946 gab, hatten bisher keinen Erfolg gebracht. Meine Mutter wusste jedoch Rat. Es gab in Ilsenburg eine alte Frau mit besonderen heilerischen und hellseherischen Fähigkeiten.

Es mussten für den Besuch – man nannte das Besprechung – die Rahmenbedingungen stimmen: Mitternacht – Vollmond und der zu Behandelnde durfte nicht sprechen.

Meine Mutter bereitete mich entsprechend vor und stumm und zitternd begleitete ich sie zu der weisen Frau – Mariechen P. zum Schafstall.

Es war für mich unheimlich in dem dämmrigen Schafstall mit all den Tieren und dem strengen Geruch. In einer abgeteilten Ecke, die spärlich mit einer Petroleumlampe beleuchtet war und wo von der Decke Kräuterbüschel herabhingen, musste ich mich auf eine Bank setzen. Die alte Frau war schaurig anzusehen – ganz in schwarz gekleidet mit schwarzem Kopftuch. Das Gesicht war runzelig, aber trotzdem freundlich. Sie begutachtete mich. Dann musste ich die Augen schließen. Sie fing an für mich Unverständliches zu murmeln. Ihre Hände glitten über meinen Körper. Ich fühlte mich seltsam. Nach einem für mich unendlich langen Zeitraum war die Besprechung zu Ende, ich durfte die Augen öffnen und mit meiner Mutter stumm nach Hause gehen. Über den Besuch bei Mariechen P. dufte ich keinem etwas erzählen.

Am anderen Morgen hatte ich immer noch Ausschlag, jedoch war der Juckreiz weg. Am Abend desselben Tages war auch der Ausschlag verschwunden. Als sechsjähriges Kind dachte ich nun, dass ich verhext wäre. Jetzt habe ich mein Schweigen gebrochen. Hoffentlich bleibe ich von einer Erdbeerallergie verschont, denn diese Früchte schmecken immer noch lecker.

Eine neue Hose

Es war Winter, lag viel Schnee und meine Mutter hatte mir eine neue Hose genäht – aus festem derben Stoff, damit ich Ski fahren konnte. Die Hose war mindestens 3 Nummern zu groß, aber so war das in der Nachkriegszeit. Es musste alles lange halten. Also zu weit, da halfen Hosenträger. Aber auch zu lang, viel zu lang. Am Hosenbeinende befanden sich Bänder, diese wurden unterhalb des Knies zusammengebunden, sodass die Hose dadurch kürzer wurde.

Also auf ging's, Hose, Anorak, Mütze, Handschuhe angezogen, Skier untergeschnallt und los mit der Freundin. Wir liefen zur großen Skiwiese, hatten Spaß und fuhren immer wieder den Abhang hinunter. Leider schlug das Wetter bald um. Erst fing es an zu schneien und dann wurde aus dem Schnee Regen.

Wir mussten uns also auf den Rückweg machen. Meine Hose wurde nass und nasser und schwer und schwerer. Leider fror es auch noch, so dass sich meine Hose in eine Eishose verwandelte und die Fortbewegung schwieriger wurde. Meine

Freundin war schon weit voraus und schließlich schaffte ich es auch nach Hause.

Die nächste Schwierigkeit war, die Hose auszuziehen. Sie war durchweg gefroren. Also musste sie erst auftauen. Mein großer Bruder lachte mich aus, erlöste mich dann aber, indem er die Bänder öffnete und mich schließlich aus der Hose hob.

Schlachtefest

In den Jahren nach dem Krieg wurde regelmäßig ein Schwein gefüttert und im Herbst geschlachtet. Nun war das nicht so einfach, denn es gab nur einen Fleischer im Ort, der diese Arbeit nebenberuflich ausübte. Jetzt war also der Tag gekommen – das Schwein wurde geschlachtet und für die Weiterverarbeitung vorbereitet. In unserer Waschküche wurde es mit einem Haken an die Wand gehängt und der Schlachter wollte nun die entsprechenden Fleischstücke heraustrennen.

Er setzte das Messer an und in dem Moment fing er an zu zittern und schrie. Er warf das Messer in die Ecke und sagte: „Das Schwein ist verhext, hier kann ich nichts machen". Er band seine Schlachterschürze ab und ging nach Hause. Nun versuchte es der Nachbar. Setzte das Messer an – auch er fing an zu zittern und verließ schreiend den Raum.

Was tun, war nun die Frage. Die noch verbliebenen Helfer nahmen das Schwein von der Wand und legten es auf die Schlachtebank. Ein neuer Versuch mit dem Messer und es passierte nichts.

Des Rätsels Lösung: An der Wand verlief eine Stromleitung, die irgendwie defekt war.

Plötzlich ein Vater

Als Kriegskind – Jahrgang 1941 – kannte ich meinen Vater nicht. Unsere Familie bestand aus Mutter, Großvater und zwei Brüdern, der Vater war im Krieg, wie im Kinderlied „Maikäfer flieg', der Vater ist im Krieg, die Mutter schüttelt's Bäumelein, da fällt herab manch Träumelein … usw"

Ich erinnere mich an die Ängste und Unruhe während der Kriegszeit, an Soldaten und Flüchtlinge. Jedoch war es ein beschütztes Leben in unserem kleinen Häuschen. Trotz vieler Einschränkungen genoss ich viel Freiheit mit gleichaltrigen Nachbars- und Flüchtlingskindern.

An einem sonnigen Vorfrühlingstag 1948 beschäftigte ich mich mit unserer Ziege auf dem Hof, als plötzlich ein Mann auf unseren Hof kam, ziemlich dürr mit zerlumpter Kleidung. Meine Mutter sah ihn an, stutzte, lief ihm entgegen und umarmte ihn. Ich fand das komisch.

„Das ist dein Vater, komm und begrüße ihn", rief sie. Das sollte mein Vater sein, ich war misstrauisch.

Aber von nun an wurde alles anders. Mein Vater war da und versuchte mich zu erziehen. Ich musste gehorchen, das tun, was er für richtig hielt. Das gefiel mir nicht.

Ein normales Vater-Tochter Verhältnis hat sich nie eingestellt.

Badetag

Sonnabend, abends war immer Badetag. Das Wasser wurde in großen Kesseln auf dem Herd warm gemacht und in die in der Küche aufgestellte Zinkwanne geschüttet.

Zuerst durfte der Vater baden, dann die Mutter, heißes Wasser wurde nachgeschüttet. Jetzt kam mein kleiner Bruder dran und zum Schluss ich in einer trüben warmen Brühe. Auf der Oberfläche schwamm allerlei, aber ich musste rein, plätscherte ein bisschen im Wasser und stieg schnell wieder raus. Sauber wurde ich erst durch das abrubbeln.

Klassensprecher

Jürgen, unser Klassensprecher, war ein super-schlauer ‚Zugereister'. Sein Vater ein 110%iger Kommunist. Entsprechend führte sich der Sohn auf, war überall dabei, der Beste. Bei manchen machte er Eindruck. Die meisten mieden seine Gesellschaft, obwohl er überall mitmischen wollte.

Wie jedes Jahr fand eine ärztliche Untersuchung in den Klassen statt. Man war nicht zimperlich. Diesmal mussten wir zur Impfung gegen irgendwas antreten – Mädchen und Jungen. Der rechte Arm war frei zu machen.

Ruck zuck erhielt einer nach dem anderen die Spritze. Jetzt war Jürgen an der Reihe. Er sah die Spritze, der Arzt setzte an und Jürgen sank zu Boden in eine kurze Ohnmacht.

Wie peinlich für ihn – keiner hatte Mitleid und die Schadenfreude begleitete ihn das gesamte Schuljahr.

Das rote Halstuch

Ich ging gern zur Schule. Das Lernen machte mir Spaß. Allerdings lebte ich in einem Zwiespalt insofern, weil meine Eltern der Ansicht waren, der Unterricht sei zu sehr auf das politische System der DDR ausgerichtet und einige Fächer wären absolut unnütz.

Natürlich gehörte auch ich – wie alle anderen zu den Jungen Pionieren. Unsere Schulkleidung bestand bei den Mädchen aus einem blauen Rock, einer weißen Bluse. Es durfte natürlich das blaue Halstuch der Jungen Pioniere nicht fehlen. Die Jungen trugen entsprechend eine kurze oder auch lange blaue Hose mit weißem Hemd. Schulkleidung bekamen wir gestellt.

In der Schule herrschte ein ständiger Lernwettbewerb. Es gab Auszeichnungen für besondere Leistungen – nicht nur am Schuljahresende.

So halfen wir in Fachzirkeln – Biologie oder Mathe – schwachen Schülern, so dass sie das Klassenziel erreichten.

Meine besondere Auszeichnung war, dass ich das rote Halstuch der sowjetischen Jugendorganisation für besondere Leistungen in der russischen Sprache verliehen bekam.

Voller Stolz kam ich nach Hause und zeigte es meiner Mutter. Zu meinem Entsetzen beschimpfte sie mich, entriss mir das Halstuch und warf es in den Müll.

Heimlich kramte ich es wieder hervor. Zukünftig verließ ich das Haus mit meinem blauen Halstuch und tauschte es auf dem Schulweg gegen das rote aus.

Im Frühjahr 1954 flüchtete mein Vater aus der DDR. Wie man so sagte, machte er nach drüben.

Nun war für unsere Familie vieles anders, wir bekamen Besuch von der STASI – meine Mutter bekam Herzanfälle und von Freunden und Nachbarn wurden wir zum Teil gemieden.

Auch in der Schule war ich plötzlich Repressalien ausgesetzt, musste mein rotes Halstuch abgeben und wurde z. B. von Klassenfahrten ausgeschlossen. Das tat weh.

Der Besuch der Oberschule war für mich als Tochter eines Republikflüchtigen nun ausgeschlossen und so begann ich das DDR-System zu hassen.

August 1956

Der Abschied

Ein seltsames Gefühl beschleicht mich. Das letzte Wochenende in meiner Heimat – meinem Zuhause. Die Flucht aus der DDR ist vorbereitet. Was mache ich noch? Was ist mir wichtig? Meine Freundin, die Berge – der Berg, der Brocken.

Meine Familie – Mutter, kleiner Bruder und zwei größere verheiratete Brüder – das ist mir im Moment egal. Meine Zukunft ist mit meinen 15 Jahres sehr ungewiss. Ein Oberschulbesuch ist mir verweigert worden, da mein Vater republikflüchtig ist. Ich bin natürlich neugierig, ob die Flucht in den Westen mit Mutter und Bruder glücken wird und was mich erwartet.

Also meine Freundin Monika ist eingeweiht, dass es unser letztes Wochenende ist und wir den Brocken ein letztes Mal gemeinsam besteigen wollen. Rucksack gepackt, Stiefel geschnürt und los geht es durch das Ilsetal. Die Ilse gluckert fröhlich vor sich hin, die Buchenbäume bieten kühlen Schatten und die Sonne blinkt durch die Baumkronen und zaubert bizarre Bilder auf den weichen Gehweg.

Der Aufstieg zum Ilsestein ist wie immer im wahrsten Sinne des Wortes atemberaubend. Oben angekommen legen wir eine kurze Pause ein. Wir klettern bis zum Kreuz empor und lassen die Natur auf uns wirken. Ich sauge den Blick zur Pater-Noster-Klippe - einer Felsformation, die wie ein betender Mönch aussieht - zum Brocken, der so nahe erscheint, förmlich in mich auf. Daran will ich mich immer erinnern. Mein Berg!

Weiter geht es über die Plessenburg, einem ehemaligen Ausflugslokal von Grenzpolizisten genutzt, durch den Fichtenwald entlang der imposanten Ilsefälle in Richtung Brocken. Monika und ich erinnern uns an viele gemeinsame Ausflüge – wieviel Spaß wir hatten, insbesondere im Winter mit Schlitten oder Skiern.

Der Aufstieg wird mühsamer. Die Ilse begleitet uns. Die Luft ist kühl und feucht und es riecht nach Wald – wunderschön. Wie werde ich dies alles vermissen.

Wir wählen den Weg über die sogenannten ‚Schneelöcher'. Wir müssen aufpassen, die Felsen sind feucht und glitschig. Es macht uns Spaß über die Steine zu klettern. Allmählich werden die schönen Fichten kleiner und krüppliger. Noch 200 Meter und wir haben es geschafft.

Wir haben das Brockenplateau erreicht. Ein stürmischer Wind bläst uns ins Gesicht. Leider hat sich die Sonne hinter den Wolken versteckt, so dass uns der sonst außergewöhnliche Weitblick nicht vergönnt ist.

Monika erinnert mich an die Nachtwanderung mit unserer Klasse und dem Lieblingslehrer auf den Brocken. Den Sonnenaufgang zu beobachten war außergewöhnlich.

Nach kurzer Pause, frisch gestärkt aber eher traurig beginnen wir sehr wortkarg den Abstieg. Mit jeden Schritt denke ich an die Nächste Woche.

Zuhause angekommen verabschieden wir uns unter Tränen, versichern uns, mindestens wöchentlich einen Brief zu schreiben und anderen gegenüber zu schweigen.

Die Flucht

Das Haus ist fast leergeräumt, nur die Fassade nach außen wird gewahrt. Zwei Koffer gepackt mit den nötigsten Habseligkeiten, es darf ja nicht nach Flucht aussehen. Ein letzter Rundgang durchs Haus, meine Mutter ist sehr aufgeregt und mein kleiner 6jähriger Bruder sehr nörgelig. Auf geht's zum Bahnhof, 05:30 Uhr Zug nach Magdeburg mit Umstieg in Halberstadt mit einer Ausreisegenehmigung für 3 Tage nach Hannover zu einer schwer erkrankten Verwandten meiner Mutter

Mir ist jetzt gar nicht mehr wohl, zumal wir mitten im Sommer sehr viel Kleidung angezogen haben, einschließlich Wintermantel übern Arm. Mein Bruder fragt unablässig wann wir denn endlich da wären. Nach Wartezeit in Magdeburg steigen wir in den D-Zug Richtung Köln, bewacht von der Volkspolizei. Der Zug bewegt sich langsam über sanierungsbedürftige Gleise in Richtung Westen.

Stopp in Oebisfelde, alle Personen müssen den Zug mit Gepäck verlassen und zur Kontrolle in das Grenzgebäude. Hier werden wir von den Grenzern nach Kontrolle unserer Ausweispapiere mit Röntgenblick angeschaut. Unser Gepäck wird durchsucht und ein Beamter meinte im Hinblick auf unsere warme Kleidung, ob wir denn glaubten, dass es im Westen kälter wäre. Hier rettet uns mein weinender Bruder. Wir dürfen wieder einsteigen, sind allerdings ängstlich. Der Zug fährt an. Nach einiger Zeit und sehr langsamer Fahrt überqueren wir den Mittellandkanal. Wir sind in Westdeutschland und meine Mutter kann ihre Tränen nicht mehr zurückhalten.

Ich schaue neugierig aus dem Fenster und bewundere die geordnete Landschaft und die neuen Häuser. Der Zug hält in Wolfsburg.

Mein Vater erwartet uns am Bahnsteig. Vater und Mutter liegen sich in den Armen, mein kleiner Bruder weint und ich komme mir verloren vor.

Diese Stadt soll also meine neue Heimat werden.

Das Neue ist ein Mansardenzimmer mit Doppelbett, Tisch und zwei Stühlen, einer Waschgelegenheit, ein kleiner Flur und eine Toilette im Dachgeschoss einer Tanzschule.

August 1958

Angekommen

Nun lebe ich schon einige Zeit in dieser Stadt und ich bin immer noch nicht angekommen. Alles ist so anders. Wir sind geduldet und haben noch keine Aufenthaltsgenehmigung. Es ist ein langwieriger Weg. Zwischenzeitlich gehen mein kleiner Bruder und ich in die Schule. Für mich eine Wiederholung des 8. Jahrgangs. Welch ein Unterschied zu meinem bisherigen Unterricht – total langweilig und öde. Ich bin eine Außenseiterin. Kann alles nur kein Englisch.

Vater arbeitet als Werkzeugmacher – Mutter als Putzfrau und ich verdiene mir etwas Geld indem ich in der Garderobe der Tanzschule die Mäntel und Jacken entgegennehme und ausgebe. Von den Einnahmen erhalte ich je Garderobe 5 Pfennig. Das sind an einem guten Abend von 19.00 Uhr bis 2.00 Uhr nachts 7,50 DM.

Im Frühjahr darf ich kostenlos an einem Tanzkurs teilnehmen. Meine Mutter näht mir ein Kleid und ich bin ganz stolz.

Ich mache neue Bekanntschaften und freunde mich mit Jutta und Margret an.

Margret ist Mitglied der Kantorei der evangelischen Kirche und ermuntert mich, doch auch mitzusingen. Ich habe eine recht passable Altstimme. Margret nimmt mich einfach mit und ich werde in die Gemeinschaft aufgenommen. Wir proben mit dem bekannten Kantor Motetten, Choräle, singen im Gottesdienst und an manchen Sonntagen auch im Krankenhaus. Außerdem bereiten wir uns auf die Aufführung des Weihnachtsoratoriums vor. Die anspruchsvolle Aufführung mit einem großen Orchester und bekannten Solisten wird ein voller Erfolg. Meine Eltern sind sehr stolz auf mich. Es ist alles wunderbar und ich fühle mich fast wie zu Hause.

Jetzt haben wir unsere endgültige Aufenthaltsberechtigung erhalten. Wir sind nun Bürger der Bundesrepublik Deutschland.

Mittlerweile besuche ich die Handelsschule und bin meinen Eltern dankbar, dass sie das Schulgeld bezahlen können.

Das Lernen macht mir Spaß und nach 2 Jahren mache ich einen sehr guten Abschluss. Nach etlichen Bewerbungen erhalte ich eine Anstellung bei einem VW-Großhändler. Ich verdiene Geld und fühle mich zusehends unabhängig.

Zu Besuch bei Onkel Hans

Eine Reise mit dem Auto in die DDR ist jedes Mal eine ereignisreiche Angelegenheit. Die drei Söhne mittlerweile 10, 7 und 4 Jahre sind neugierig und stellen Fragen, die besonders bei der Grenzkontrolle kritisch sind. „Warum gucken die unter das Auto und warum müssen wir aussteigen?" „Was ist an meinem Teddy so besonders?"

Ja, was antwortet man da – belangloses Zeug. Nur die Kinder lassen nicht locker und fragen weiter. Endlich geschafft, wir dürfen weiterfahren.

Die Fahrt führt uns über holprige Straßen, durch graue Dörfer und man schenkt unserem VW Beachtung. Die Kinder winken freundlich und unsere Jung's winken zurück. Endlich ist das Harzpanorama in Sicht. Ich freue mich, bin ganz aufgeregt und es kann nicht schnell genug gehen. Es hat sich in den Jahren meiner Abwesenheit wenig verändert. HO, Konsum einige Geschäfte – mehr nicht.

Die Begrüßung bei unseren Verwandten ist sehr herzlich. Die alte Wohnung wurde renoviert, neue

Möbel wurden beschafft und das Umfeld sieht viel besser aus. Wir freuen uns mit unseren stolzen Verwandten.

„Wo ist die Toilette" fragt unser Siebenjähriger. „Auf dem Hof" sagt Onkel Hans. Also gehen wir auf dem Hof. Da steht das alte Toilettenhäuschen, frisch mit rostbrauner Farbe versehen. Onkel Hans öffnet die mit einem Herzchen als Luftloch versehene Tür. Aber – „da gehe ich nie rein", schreit mein Sohn. Also darf er am Zaun pinkeln.

„Was machen wir mit dem großen Geschäft", frage ich Hans. Er meint für solche Fälle gäbe es gegenüber die Gaststätte mit einem WC. Das könnten die Kinder dann nutzen.

Zum Abendessen gingen wir in besagte Gaststätte. Die Kinder durften sich das Essen aussuchen. Der Zehnjährige wählte einen halben Broiler aus Neugierde und war erstaunt, als er ein halbes Hähnchen serviert bekam.

An der Wand hing ein großes Foto von einem ernsten Mann mit Bart. „Wer ist das", wollten die Kinder wissen. Onkel Hans sagte, dass das der Besitzer der Gaststätte wäre. Das Essen schmeckte vorzüglich und alle waren zufrieden, da auch das WC benutzt werden konnte.

Am nächsten Tag suchten wir zum Mittagessen in der Kreisstadt ein sehr bekanntes Lokal auf. Auch dort hing das Foto des ernsten Mannes mit dem Bart an der Wand. Auch hier wieder Frage und Antwort wie am Vortag.

Anschließend spendierte Onkel Hans Eis. Auch in der Eisdiele hing selbiges Foto. Der Siebenjährige sagte laut und deutlich „der Mann an der Wand muss aber reich sein, wenn ihm das alles gehört." Die umstehenden Kunden belächelten uns und tuschelten. Der Eisverkäufer erklärte jedoch: „Mein Kind, das ist der Staatsratsvorsitzende der DDR, Genosse Walter Ulbricht". Mama, „was ist ein Genosse?"

Wir verließen die Eisdiele schnellstmöglich.

Heimat

Der Besuch beim Bruder in Ilsenburg im August 1982 geht viel zu schnell zu Ende und ich begebe mich auf die Heimfahrt.

Ich fahre durch Drübeck mit der alten Klosterkirche, die leider so langsam verfällt, weiter über Darlingerode und mache einen Abstecher nach Wernigerode. Ein Bummel über den Marktplatz und die engen Gassen mit den Fachwerkhäusern. Das über der „bunten Stadt am Harz" thronende erhabene Schloss mit seinen vielen Türmen und Türmchen bewundere ich immer wieder.

Die Fahrt geht weiter über Derenburg mit der Glasmanufaktur. Ich liebe besonders diese Landschaft – das hügelige Harzvorland mit den fruchtbaren Böden – die „goldene Aue" im wahrsten Sinne des Wortes in der rötlichen Abendsonne.

Wie berauscht fahre ich die rumpelige Straße in dieser wunderschönen Landschaft, schon abgeerntete Getreidefelder – diese Weite, die nur hin und wieder von Baumgruppen unterbrochen wird und über die ein Dutzend Rotmilane ihre Kreise ziehen.

Ich muss einfach anhalten und renne über die Felder – barfuß – wie ich es als Kind tat. Diesen unvergleichlichen Duft von warmer Erde und Stroh sauge ich förmlich auf und lasse mich glücklich auf einen Strohballen fallen. Am Himmel versuchen einige Wolken die untergehende Sonne einzuholen – unvergleichlich schön und ich vergesse alles um mich herum.

Ein barscher Ton: „Na, Kollegin, geht's nicht gut, kann ich helfen?" unterbricht meinen „Frieden".

„Ich freue mich über das Land, die Sonne, einen schönen Tag usw." antworte ich und erkläre meine Lage.

Wir kommen ins Gespräch. Der Kollege ist Aufseher bei der nahegelegenen LPG und erzählt von dem schönen Sommer und der guten Ernte.

Die Sonne verschwindet und die Fahrt geht weiter, jedoch werde ich von Kilometer zu Kilometer bedrückter.

Immer wenn ich nach Ilsenburg fahre bin ich fröhlich, ja fast ausgelassen, erinnere mich an viele Situationen. Es liegt sicher daran, dass ich

dort aufgewachsen bin, dass dort Menschen wohnen, die ich liebe, besonders mein Bruder, dem
ich vertraue und der mich versteht.

„Ist es die Heimat?" Ich weiß keine Antwort da-
rauf – nur eines weiß ich, dass ich noch sehr oft
dorthin fahren werde.

Die „kleine Welt" dort – unberührt und ohne
Hektik – erscheint heiler als die Unsrige.

Urlaub

Immer wieder Jugoslawien – die unbeschwerten Urlaube in den 70er Jahren waren jedes Mal ereignisreich.

Urlaubsdomizil war diesmal Dubrovnik mit der wunderschönen Altstadt. Wir waren in der Ferienwohnung eines Bekannten untergebracht und waren im „normalen Alltag" der Jugofamilie integriert. Ausflüge nach Mostar oder Sarajevo mit der bekannten Brücke über die Neretva und dem türkischen Basar sowie Bootsfahrten zu den Inseln waren interessante Abwechslungen.

Aber ich wollte unbedingt noch mehr sehen und erleben und bekam für meine Abenteuerfahrt Richtung Süden entlang der Küste einen „Jugogolf" zur Verfügung.

Die Fahrt entlang der kurvenreichen Küstenstraße bei bestem Sommerwetter war wunderschön. Über Herceg Novi erreichte ich die Bucht von Kotor und bestaunte das aus dem Meer aufragende Dinarische Faltengebirge mit den geologisch atemberaubenden Strukturen durch die tektonischen Aktivitäten vor langen Zeiten.

Einen Zwischenstop legte ich in Budva ein. Die Küste war hier flacher und nicht mehr so felsig.

Die Küstenstadt Bar bot nach dem Erdbeben ein trauriges Bild, die wunderschöne Altstadt war völlig zerstört.

Mein Zielort Ulcinj, der südlichste Ort Montenegros an der albanischen Grenze wurde sichtbar. Vor mir fuhr ein mit Melonen hoch beladener Eselskarren. Im Schritttempo ging es voran. Plötzlich kippte der Karren um und die Melonen kullerten in alle Richtungen. Im Nu war die Straße voller Menschen – alle halfen und sammelten die Melonen, andere beruhigten den Esel und richteten den Karren auf. Ich stieg aus dem Auto und half mit. Die Menschen waren alle fröhlich und lachten.

Als der Karren wieder beladen war, holte der Melonenbauer eine Slivovicflasche heraus und reichte sie herum. Auch ich musste daraus trinken. Irgendwann konnte ich weiterfahren, kam aber nicht weit, weil ich in einem Erdbebenloch stecken blieb. Gleich gab es wieder zahlreiche Helfer. Leider war ein Hinterreifen defekt und nicht reparabel. Der Wagen wurde auf Colakisten aufgebockt – ein Wagenheber war nicht vorhanden – und das Reserverad aufgezogen.

Ich wurde von den gastfreundlichen Montenegrinern in das nahegelegene Kaffee eingeladen. Mir wurden allerlei Speisen serviert und natürlich auch Slivovic – ein Glas nach dem anderen. Die Runde wurde immer fröhlicher. Zwischenzeitlich war mein Auto wieder flott, aber an Weiterfahrt war nicht zu denken.

Die Gastfreundschaft dieser Menschen war unwahrscheinlich. Herzlich bedankte ich mich, wurde umarmt und geküsst und trat am nächsten Morgen meine Rückreise an.

Entscheidung

Manchmal denke ich mit meinen 38 Lebensjahren „war das alles"?

Eingefahrene Gleise, verheiratet und vier Kinder – ein auskömmliches Leben, Hausfrau mit Halbtagsbeschäftigung. Der Ehemann allerdings immer unterwegs, nicht nur beruflich.

Einer Freundin geht das ebenso und sie hat vor über den zweiten Bildungsweg ihr Abitur nachzuholen. Dies macht mich neugierig und ich informiere mich, welche Voraussetzungen man mitbringen muss. Es ist alles stimmig; die Aufnahmeprüfung bestehe ich. Jetzt heißt es Lernen – zwei Jahre und vier Abende in der Woche.

Mit neuem Elan organisiere ich meinen Haushalt, mein Leben mit den Kindern und l e r n e.

In meiner Ehe kriselt es immer mehr, schließlich vereinbaren wir die Scheidung. Plötzlich bin ich alleinerziehend mit vier Kindern. Doch ich fühle mich befreit und eine unbändige Energie, die neue Situation zu meistern. Trotz einiger

Schwierigkeiten stehen die Kinder voll auf meiner Seite.

Fast gleichzeitig mit meinem ältesten Sohn bestehe ich die Abiturprüfung und denke euphorisch über die Möglichkeit eines Studiums nach.

Besuch

Mutter hat kurzfristig ihren Besuch angekündigt. Oh je, Küche nicht aufgeräumt, Kinderzimmer Chaos, Wäsche nicht gebügelt, kein Staub geputzt.

Also los, Schnelldurchgang: oberflächlich aufräumen, Wäsche im Schrank verstecken – zum Staub putzen reicht es nicht mehr.

Mutter ist da, begrüßt herzlich die Kinder, schaut sich um. „Wie lange hast Du denn schon keinen Staub geputzt"? Ich: keine Antwort.

Mutter will die Kinder schon mal anziehen und mit ihnen spazieren gehen. Sie macht die Schranktür auf und die ungebügelte Wäsche quillt heraus. „Was machst Du eigentlich in Deinem Haushalt"? Ich wage zu sagen, dass ich berufstätig bin und meine Prioritäten entgegen ihren Vorstellungen anders setze.

Meine Mutter verabschiedet sich und es herrscht eine Weile Funkstille.

Bahnhof

Bahnhöfe sind faszinierend mit ihrer Hektik, eilenden Menschen, sentimentalen abschieden und freudigen Begrüßungen. Menschen sind so unterschiedlich, was sich besonders auf Bahnhöfen zeigt.

Nun stehen wir auf dem Bahnsteig – mein jüngster Sohn und sein 12jähriger Bruder, warten auf den Zug, der den Älteren mit seiner Klasse nach Holland bringen soll. Dem Jüngeren dauert das Warten zu lange, er ist unruhig, schaut ständig den Bahnsteig entlang nach rechts und links und fragt, wann der Zug denn endlich käme.

Der Ältere reckt seine Stupsnase in die Luft und hinter seiner laxen Art: „ Es müsste bald ein Gewitter geben" verbirgt sich seine Aufregung. Schon zwei Tage vorher hat er seinen Koffer gepackt – dies rein, das raus. Bermudas und ein T-Shirt hat er mir noch abgeluchst.

Endlich kommt der Zug, eine Unruhe breitet sich aus. „Mach's gut, kleine Mutti!" und schon eilt er mit den anderen ins Abteil. Die Mutter neben mir nimmt tränenreich Abschied von ihrer

Tochter. Der Vater hinter mir gibt seinem Sohn noch Ratschläge im Umgang mit den Mädchen.

Mein Gott, wo ist mein Jüngster? Nirgends ist der Krümel zu sehen. Doch da entdecke ich ihn; er ist gerade eingestiegen. Nur mit Mühe kann ich ihn zum Aussteigen bewegen. Er wollte auch in die große, weite Welt fahren, da er bald in die Schule käme.

Der Zug setzt sich in Bewegung, wir winken bis er nicht mehr zu sehen ist.

Bummelsonntag

Die Kinder sind bei Oma. Ich habe den Sonntag für mich und genieße das Frühstück im Bett. Eigentlich ist sonntags immer unsere Erzählstunde im Bett, um das nachzuholen, wozu in der Woche keine Zeit bleibt, da alleinerziehend mit vier Kindern.

Also eigentlich wollte ich viel schaffen an diesem Tag, habe aber keine Lust. Das Wetter ist schön also raus. Ich radele mit dem Fahrrad einfach der Nase nach durchs Grüne, am Bach entlang und durch den nahegelegenen Wald in das nächste Dorf.

Ein unheimlich intensiver Duft lässt mich innehalten und ich entdecke im Vorgarten des Bauernhofes eine riesige Linde in voller Blüte.

Und schon kommt die Erinnerung: Eine große, dicke Linde vor unserem Haus. In der Ecke des Gartens stand ein Laube, von wildem Wein umrankt. Eine wunderschöne Einrichtung, ein schöner Ort zum Spielen und ein schönes Versteck, um Geheimnisse mit der Freundin auszutauschen oder gegenseitige Entdeckungen am Körper – oh war das aufregend. Der Duft von Lindenblüten begleitete den Sommer.

Eine Kindheitserinnerung im Abriss von Sekunden.

Prager Winter

Die Fahrt im schneereichen Januar 1980 zur kulturellen Veranstaltungswoche nach Prag zog sich endlos hin, da der eiserne Vorhang noch Bestand hatte, d. hieß: Fahrt mit dem Bus quer durch Deutschland über Nürnberg zum Grenzübergang Waidhaus. Der Busfahrer fuhr trotz der Schneelage sehr temperamentvoll und manchmal dachten wir gar nicht anzukommen.

Während einer Zwischenstation im Gasthof entdeckten wir Becherovka – einen Kräuterschnaps, der uns auf der weiteren Fahrt in Richtung Prag half.

Eine besondere Überraschung war unser Hotel. Das Botel ,Razec' – ein schwimmendes Hotel auf der Moldau. Das Zimmerchen war eine kleine Kabine, die ich mit meiner Kusine teilte. Irgendwie schaukelte und gluckste es immerzu. Es war gewöhnungsbedürftig, und auch hier half Becherovka.

Die Tage waren ausgefüllt mit Besichtigungen der beeindruckenden Kulturdenkmäler: Prager Burg, Altstadt, Kleine Seite, Karlsbrücke usw.

Unser Führer war ein älterer Professor, der sehr viele Geschichten zu erzählen hatte und uns auf die entsprechenden abendlichen Theaterveranstaltungen vorbereitete. Beeindruckend war das Nationaltheater. Wir sahen das Ballett ‚Giselle'. Im Smetana-Theater erleben wir ‚Rusalka' in einer atemberaubenden Aufführung.

Als moderne Art von Theater verzauberte uns die ‚Laterna Magica' mit der Schneekönigin.

Und immer wieder die Moldau, wir flanierten über die Karlsbrücke, die auch im Winter ihre Reize hatte mit den vielen steinernen Begleitern.

Beeindruckend war der Besuch der barocken Kirche auf dem Felsen ‚Johannes St. Nepomuk'.

Der jüdische Friedhof im Jüdischen Viertel der Altstadt – einer der größten Europas – war furchteinflößend. Wie man uns berichtete, erfolgten die Bestattungen aus Platzmangel zum Teil siebenstöckig.

Frühstück und Abendessen wurden auf dem Botel recht spartanisch unter Schaukeln und glucksend serviert. Dazu mit musikalischer Begleitung als Dauerbrenner der aktuelle Song von Amanda Lear ‚follow me'.

Am freien Nachmittag lösten wir uns aus der Truppe, d. h. meine Kusine, ich und der Soziologe Herbert Bruno. Wir besuchten das berühmt-berüchtigte ‚Hotel Europeiski' mit dem legendären Wiener Kaffee. In der Tat war es wienerisch plüschig mit Stehgeiger und es gab Palatschinken.

Nun wollten wir natürlich auch Mitbringsel erwerben und mussten unsere DM in Kronen umtauschen. An verschiedenen Stellen wurden wir angesprochen: ‚Du tauschen'? Man hatte uns gewarnt, illegal die Währung zu tauschen. Aber, es war einfach zu verführerisch.   An der nächsten Ecke wagten wir es.

Leider hatte es Konsequenzen. Die Beobachter waren überall und schnell zur Stelle. Nach der Aufnahme unserer Personalien, Verständigungs-schwierigkeiten, gestikreichen Überredungskünsten und lobenden Worten über die wunderschöne Stadt Prag, sah die Polizei von einer Bestrafung ab. Auch hier half uns wieder Becherovka.

Die Rückfahrt verlief sehr angenehm und erschien wesentlich kürzer geschwängert mit den kulturellen Eindrücken und Erlebnissen in fröhlichen und absurden Situationen.

Lüge

Meine Freundin Karin brauchte ein Alibi, weil sie mit ihrem Freund zwei nette Tage verbringen wollte. Sie würde ihrem Mann sagen, dass sie mit mir ein Seminar in Berlin besuchen würde. Ich war einverstanden.

Nach Büroschluss machte ich in der Stadt noch verschiedene Besorgungen und traf Gerd. Sehr erstaunt meinte er: „Ich dachte Du bist mit Karin in Berlin zum Seminar"? Meine Ausrede, dass ich wegen der plötzlichen Krankheit eines meiner Kinder nicht mitfahren konnte, akzeptierte er sofort.

Dummerweise konnte ich Karin telefonisch nicht erreichen, um sie zu warnen.

Gerd holte sie vom Bahnhof ab und Karin erzählte wie toll das Seminar war und was sie mit mir alles unternommen hätte.

Der Krach war vorprogrammiert. Ja, Lügen haben kurze Beine

Die Reise zurück

Wer war ich? Wo komme ich her? Diese Fragen interessierten mich. Besonders in meiner esoterischen Phase wagte ich eine Rückführung in Trance durch einen mir sehr vertrauten Heilpraktiker.

Meine Erinnerungen in entspannter Lage bei Dämmerlicht waren eigenartig. Ich war jung, es war warm und hell. Ich gehe eine Straße entlang, rechts und links stehen Häuser – größere Häuser im georgianischen Baustil mit Säulen am Eingang und grünen Gärten. Ich rieche salzige Luft, die mir mit einer Brise vom Meer entgegenweht.

Wo bin ich? Ich gehe in den Garten, mich umgeben blühende, duftende Pflanzen. Sträucher mit Blüten und gleichzeitig mit roten Früchten. Ich erkenne Granatäpfel.

Die Tür wird mir geöffnet, ich bin nicht allein in dem großen Zimmer mit geöffneten Fenstern und wehenden weißen Vorhängen. Wer da ist, kann ich nicht erkennen, fremde Laute dringen an meine Ohren. Odessa.

Die Trance löst sich, aber immer noch fühle ich mich umfangen von dem Licht, der Wärme und dem Duft.

Wenn ich heute darüber nachdenke, weiß ich, warum ich mich wohlfühle in der Wärme, dem Licht und am Meer.

Ich erinnere mich, dass ich aus einem Ägyptenurlaub den zarten Ableger eines Granatapfelbaumes mitgenommen habe, ihn zu Hause sorgfältig in einen Blumentopf pflanzte, ihn hegte und pflegte. Nach zwei Jahren blühte er und entwickelte kleine Granatäpfelfrüchte. Besteht da Zusammenhang mit meiner Vorlebenserinnerung?

Der Hahn ist tot

Aufgeregt und betrübt erzählt mir mein Mann „unser Hahn ist tot und die Henne verschwunden". Ich kann es nicht glauben. Von unserer munteren Hühnerschar waren im Laufe der sechs Jahre nur noch der Hahn und eine Henne übrig geblieben. Die anderen hatten nach und nach das Zeitliche gesegnet und waren von uns auf dem Hühnerfriedhof bestattet worden.

Unsere „Senioren" Hahn und Henne führten ein beschauliches Leben und wurden verwöhnt. Hin und wieder wurden wir noch mit einem Ei beschenkt.

Der Hahn war durch und durch eine Kämpfernatur. Er beschützte seine Henne, war fürsorglich und sorgte für Ordnung.

Uns gegenüber war er sehr angriffslustig und unberechenbar. Ich traute mich schon nicht mehr in den Hühnerstall und mein Mann übernahm furchtlos die Aufgaben. Ihm machte ein „Kämpfchen" mit dem Hahn hin und wieder Spaß.

Nun gab es die beiden nicht mehr. Der Hahn – wir nannten ihn Herr Hahn – starb einen Heldentod. Er kämpfte bis zum bitteren Ende, um seine Henne zu beschützen. Die hat der Fuchs geholt. Er blieb jedoch kopflos und mit Bisswunden auf der Strecke.

Feier

Wir waren zur Geburtstagsfeier einer Freundin eingeladen. Es waren viele Gäste dort, die wir nicht kannten.

Zu beobachten macht Spaß. In unserer Nähe unterhalten sich zwei ältere Damen – eine aufgetakelt bis zum geht nicht mehr und dickem Rougemakeup, die andere hausbacken und in rot gekleidet, was ihr gar nicht steht.

Wir witzeln darüber, wie unmöglich doch diese Leute aussehen. Plötzlich schauen die beiden in unsere Richtung. Was die wohl jetzt über uns zu tuscheln haben, raunt mir mein Mann zu.

Ortswechsel

Das Haus, in dem wir wohnen, wird verkauft. Wir müssen uns eine neue Bleibe suchen. „Wie soll diese aussehen", fragt mein Mann und „welchen Ort bevorzugen wir"?

Wir werden die großzügigen, hellen Wohnräume mit Blick in den Park vermissen. Mir wird der Garten mit den wunderschönen Rosen und vielen blühenden Stauden und der angelegten Kräuterspirale fehlen.

Da gibt es viel zu reden, abzuwägen und zu streiten. Wir sind Senioren und haben so unsere Vorstellungen – leider die Vermieter auch.

Aber: Es ist wie es ist. Wir sehen das positiv – auf zu neuen Ufern!

FSC
www.fsc.org

MIX

Papier aus ver-
antwortungsvollen
Quellen
Paper from
responsible sources

FSC® C105338